U0074211

超級噴嚏象

郭桂玲
童話選集

文・圖／郭桂玲

目次

友誼篇

勇氣篇

自信篇

友誼篇

貪ㄊㄢ 心ㄒㄧㄣ 的ㄉㄜ 小ㄒㄧㄠˇ 藍ㄌㄢˊ 帽ㄇㄠˋ

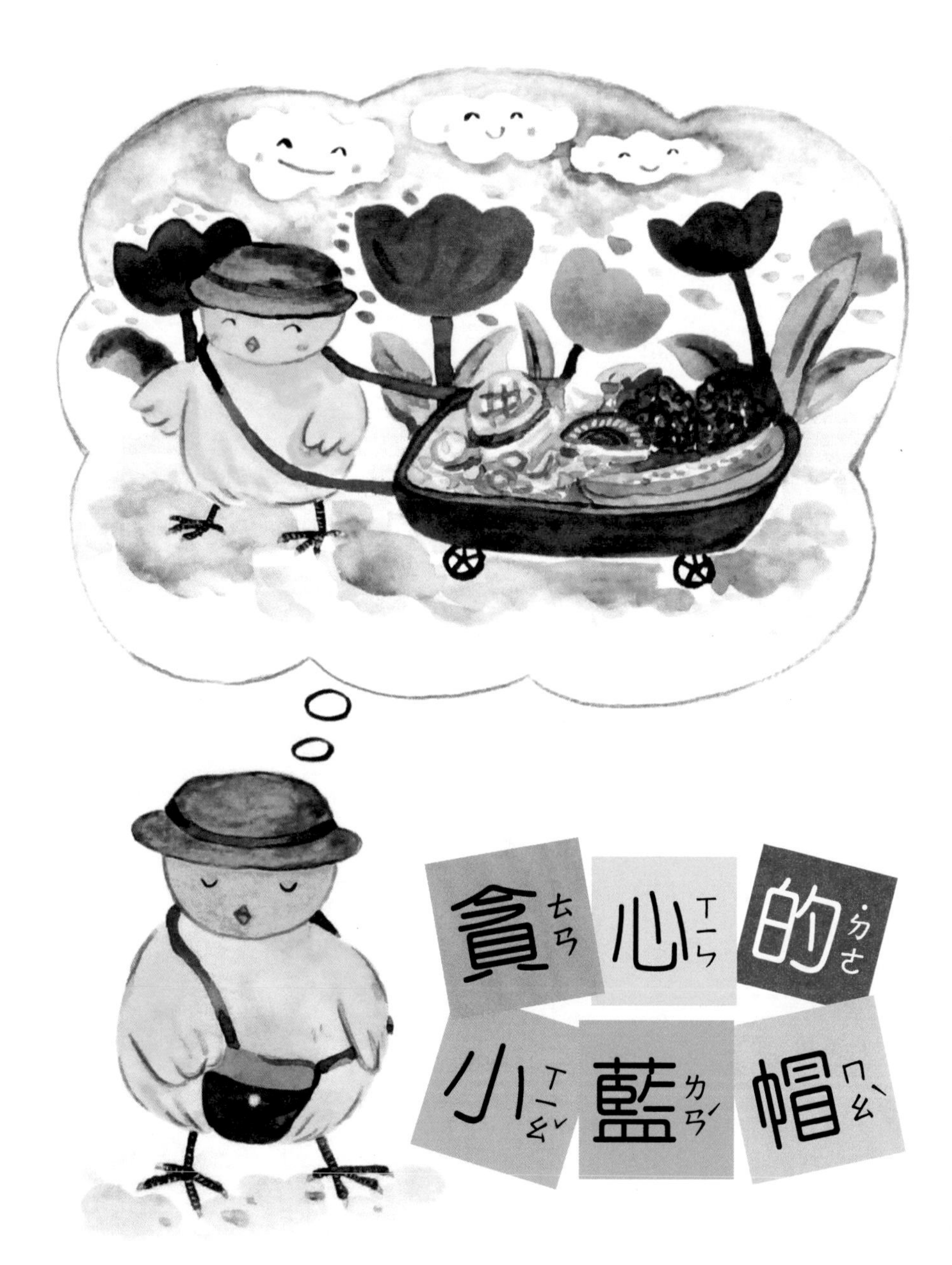

有一隻住在林子裡的小雞，不管走到哪裡，總是帶著藍色的帽子，所以大家又叫他「小藍帽」。

有一天中午，小藍帽自己走到田野，發現地上有一堆黃黃白白的小圓粒，就用他尖尖的小嘴拾起來。

「咦，這是什麼東西啊？真好吃。」他吃了一粒後又啄了許多顆，愈吃愈好吃，就把地上所有的小圓粒都撿到袋子裡。

回到林子裡，他把袋子裡的東西請大家吃，所有的小雞統統圍了過來。

「好好吃呵，再給我多吃一點。」

「這是米果，我以前也有吃過，小藍帽你在哪裡撿到的呢？」

「帶我們一起過去撿好嗎？」

「是嘛，是嘛，我們大家都去。」

大家除了稱讚米果好吃外，還紛紛請求小藍帽帶路。

「剛剛幾乎被我撿光了，我不知道還有沒有。」小藍帽這麼說，但是還是很開心地帶領大家到剛才撿到米果的那片田野。

快接近目的地時，大家就開始又跑、又衝，歡呼起來，因為地上又有好多好多的小米果喲，每個人都用最快的速度吃了好多。

「呼，真好吃，謝謝你小藍帽，謝謝你告訴我們這麼棒的

地方。」

「是啊，這真是個好地方，我們以後還要再來。」有隻叫阿飛的小雞說。

可是小藍帽卻在心裡嘀咕起來，想：「如果之前沒有告訴大家這個地方，沒有帶大家來就好了。那麼米果就統統是我的了。」

隔天，小雞們又來約小藍帽，到昨天那片靠近農場的田野。

「嘿，小藍帽我們再去看昨天那個地方還有沒有好吃的小米果。」小花說。

「好啊，好啊，大家一起去。」阿綠和阿飛也很高興地紛紛紛附和。

小藍帽卻沒有其他人這麼歡喜。他總覺得和大家一起去，如果發現食物了，又被大家分光了，真討厭……不過，他還是跟大家一起前往。

「哇，這是什麼東西，有米果還有麵包屑耶，太棒了！」阿正遠遠地就看到了灑在土地上的食物，第一個飛奔過去。

大夥兒也馬上衝過來吃，沒一會兒功夫地上的食物又被撿光了。

「真好吃。」

「好滿足喲。」

「下次我們再來吃吧，這裡好像有不少好東西。」阿綠、阿正和小花興奮地說著，大家一副吃得飽飽的滿足樣。

只有小藍帽一點也不開心，他還是想著：「如果沒有告訴同伴這個地方就好了，剛才看到的食物，就統統是自己的，那不是可以吃得飽咚咚、超愜意的嗎？」

接下來的幾天，他們一起來這裡，總會發現不同的食物。不是米果、麵包屑，就是乾速食麵屑或小脆餅乾屑……沒有一次來是沒有東西的。每天中午時來這裡找食物，成了他們幾個生活上很大的樂趣，因為他們總會猜今天田野上會有什麼小零食呢？

可是貪心的小藍帽，想一個人獨佔所有的東西。他想，這地方是我先發現的，如果我沒有告訴大家的話，這些好吃的東西就不必跟大家分享了，統統我自己吃，多好。

他決定提早到田野去，而且不告訴大夥兒，就悄悄開溜了。當他來到田野，看到泥地上灑滿了白白黃黃的小圓粒，開心的不得了，喊著：「嘿嘿，太好了！這些都是我的了。」趕忙用喙子要把小圓粒啄起來，而且他實在太貪心了，他怕撿到一半時就會有其他小雞出現，所以一口氣連啄了好多、好多。把整個鳥嘴的尖部都放滿了小圓粒。

「咦，這到底是什麼東西啊，好像不是米果，怎麼黏黏的。」小藍帽在心裡想著，正當他想把嘴巴張開，好好來享受這食物時，卻發現自己的嘴巴被黏住了。

他用盡力氣撐開，好不容易兩嘴之間終於分開了一點小細縫，他愈想用力拉扯，嘴巴上軟黏的東西卻黏得到處都是，都快把眼睛黏住了。他想呼喊同伴來幫忙，也喊不出聲音來。

還好這個時候，正在玩捉迷藏的阿綠，剛好在這個時候躲到這邊的花叢，看見搖頭晃腦的小藍帽，趕快呼叫同伴過來幫忙。

「啊，阿綠的嘴巴也黏住了，這好像是糯米糰的樣子。」小花喊著，也過來幫忙，卻也被黏得到處都是。最後是阿飛找來一些乾稻草，才把大家嘴上被黏得亂七八糟的超黏糯米糰給擦了下來。

看到大夥兒為自己那麼不顧一切的小藍帽，實在很不好意思，他不斷地說謝謝，也對自己的貪心感到羞愧。

「謝謝，真的謝謝你們。」小藍帽的嘴巴上終於乾乾淨淨的了。

「哎呀，不必說謝，我們是有福同享、有難同當的好朋友啊。咦，大家看那邊！」阿飛指著不遠的地方，正有人把一片吃剩的西瓜皮丟出來。

「快衝！大家一起分享吧！」小花說。

「不，應該是一起搶吧！」阿綠也開心的衝向前。

「小藍帽快一點，慢吞吞地就少吃了喲。」阿飛回頭看他。

小藍帽好開心，也一起去搶食，他覺得少吃一點又有什麼關係呢？能和好朋友一起分享食物的滋味，實在太有意思了，這就是「獨樂樂不如象樂樂」吧！

七兄弟的快樂聖誕

SALLY.K

東東、加加、歷歷、其其、洋洋、羽羽和小偉是七隻可愛的小熊。不過當他們打起架來就一點也不可愛了，應說「可怖」吧！就是可怕又恐怖的意思啦！

尤其是搶食物、搶東西的時候，更是經常打成一團。因為家裡兄弟多，從小就養成了搶奪物品的壞習慣，偏偏家窮，禮物、玩具都沒辦法一人一份，只能大家一起分享。玩具要一起玩，書也要輪流看。

年紀最小的小偉弟弟經常搶不到，連喜歡看的書傳到他這邊時，也常是破爛的缺頁書。

雖然小偉常跟爸媽告狀，爸媽也用盡各種方法告誡，可是還是沒有辦法改變其他六兄弟的惡行，畢竟這種搶奪文化在他們家已成一種習慣。

有一天爸爸帶回了一組玩具火車，大家馬上湧上前去拼命亂搶，不管爸爸和小偉怎麼制止都沒用，也想玩的小偉最後也加入戰局，不過他只搶到一個輪子和一節鐵軌。小偉勸大家把手上的部分玩具都交出來一起來組合，大家卻還是鬧哄哄的，只等著別人先交出去，還吵個不停。

小偉受不了了，氣得丟下玩具，出門去了。

他真不希望生長在有這麼多兄弟的家庭裡，心裡想：「如果爸媽只有生我一個該有多好，這樣什麼東西玩具就都只屬於我，該有多棒。」

小偉愈走愈遠，來到一家有美麗院子的住宅前。院子裡有隻小熊獨自玩著球。

「嘿，我叫阿丁，你要不要一起來玩，我家只有我一個小孩，都沒有人陪我玩，好無聊喲。」阿丁自己拍著球對小偉說。

「你好，我名叫小偉，我最羨慕都沒有兄弟姊妹的人呢。」小偉到院子裡和阿丁一起玩。

「才不好呢！都沒有同伴可以一起玩，有時候也找不到人講話，如果我有很多兄弟姊妹就好了。你有幾位兄弟姊妹呢？」阿丁問。

「六個哥哥。」

「哇！你們家有七兄弟，太好了。」

「一點都不好。」小偉說了家裡的狀況，有太多兄弟的壞處。

阿丁卻是聽得津津有味。

「好羨慕有人能跟你『打架』。」阿丁說。

「什麼！打架你也羨慕？」

「哎呀！你不會了解我的心情的啦。像我，玩具禮物一大堆，卻找不到人跟我分享，一點意思也沒有。」

「你有爸爸媽媽可以陪你玩啊。」

「唉！那是不一樣的。」

小偉很驚訝，竟然會有人很渴望生長在很多兄弟姊妹的家庭。自己最討厭的，居然是別人最羨慕的，好奇怪。於是，他邀請阿丁到家裡來玩，阿丁在小偉家玩得不亦樂乎，也加入搶佔物品的行列。

不過就在爭搶的過程中，把所有的玩具都弄壞了，根本都沒辦法玩。阿丁想了想說：「跟你們這樣搶來搶去很有趣，可是玩具都壞了根本不能玩，我看你們要改變這個壞習慣，大家一起和平地相處、遊戲，我就把家裡的玩具帶來讓大家一起玩。」

為了有阿丁的新玩具可以玩，小偉家的七兄弟終於慢慢改變了以往的爭搶風格，雖然偶有爭吵，但也比以前好多了。

可是就在聖誕節那天，小偉家又發生了最激烈的爭吵。因為他們七兄弟的共同禮物是一頂聖誕帽和一個包裝好的禮物包，大家又為了誰要先拆封禮物、誰要戴聖誕帽而爭吵不已，還不小心把帽子拋到空中卡在竹子樹梢了，而且卡得很緊，怎麼搖也搖不下來。

大(ㄉㄚˋ)家(ㄐㄧㄚ)又(ㄧㄡˋ)是(ㄕˋ)一(ㄧˋ)番(ㄈㄢ)激(ㄐㄧ)烈(ㄌㄧㄝˋ)的(˙ㄉㄜ)爭(ㄓㄥ)吵(ㄔㄠˇ)。

「都(ㄉㄡ)是(ㄕˋ)你(ㄋㄧˇ)啦(˙ㄌㄚ)，要(ㄧㄠˋ)跟(ㄍㄣ)人(ㄖㄣˊ)家(ㄐㄧㄚ)搶(ㄑㄧㄤˇ)。」

「為(ㄨㄟˋ)什(ㄕㄜˊ)麼(˙ㄇㄜ)只(ㄓˇ)有(ㄧㄡˇ)你(ㄋㄧˇ)戴(ㄉㄞˋ)，我(ㄨㄛˇ)就(ㄐㄧㄡˋ)不(ㄅㄨˋ)能(ㄋㄥˊ)戴(ㄉㄞˋ)，禮(ㄌㄧˇ)物(ㄨˋ)又(ㄧㄡˋ)不(ㄅㄨˊ)是(ㄕˋ)只(ㄓˇ)給(ㄍㄟˇ)你(ㄋㄧˇ)的(˙ㄉㄜ)。」

「是(ㄕˋ)老(ㄌㄠˇ)三(ㄙㄢ)丟(ㄉㄧㄡ)上(ㄕㄤˋ)去(ㄑㄩˋ)的(˙ㄉㄜ)吧(˙ㄅㄚ)，我(ㄨㄛˇ)有(ㄧㄡˇ)看(ㄎㄢˋ)到(ㄉㄠˋ)。」

「才(ㄘㄞˊ)不(ㄅㄨˊ)是(ㄕˋ)，你(ㄋㄧˇ)不(ㄅㄨˊ)要(ㄧㄠˋ)亂(ㄌㄨㄢˋ)誣(ㄨ)賴(ㄌㄞˋ)人(ㄖㄣˊ)家(ㄐㄧㄚ)。」

「嘿(ㄏㄟˋ)！你(ㄋㄧˇ)幹(ㄍㄢˋ)嘛(˙ㄇㄚ)打(ㄉㄚˇ)人(ㄖㄣˊ)。」

「才(ㄘㄞˊ)沒(ㄇㄟˊ)有(ㄧㄡˇ)呢(˙ㄋㄜ)，是(ㄕˋ)他(ㄊㄚ)先(ㄒㄧㄢ)推(ㄊㄨㄟ)我(ㄨㄛˇ)的(˙ㄉㄜ)。」……就(ㄐㄧㄡˋ)這(ㄓㄜˋ)樣(ㄧㄤˋ)大(ㄉㄚˋ)家(ㄐㄧㄚ)你(ㄋㄧˇ)一(ㄧ)句(ㄐㄩˋ)我(ㄨㄛˇ)一(ㄧ)句(ㄐㄩˋ)的(˙ㄉㄜ)吵(ㄔㄠˇ)個(˙ㄍㄜ)沒(ㄇㄟˊ)完(ㄨㄢˊ)。

「嘿！不要吵了。阿丁很羨慕我們有這麼多兄弟可以互相幫忙、一起分享，而不是互相爭吵，大家又忘了啊！」小偉大聲一叫，兄弟們都嚇了一跳。

「好了好了，不要吵了，禮物是大家的一起分享就對了。可是帽子卡住了怎麼辦呢？」大哥說。「咦！有了，我們兄弟多就是要團結合作，來個疊羅漢就行了。」

大哥指導大家，一個一個小心地站上去，最後終於拿到了聖誕帽。七兄弟第一次不爭吵地度過了一個開心的聖誕節，當然阿丁也一起到他們家來歡度佳節。

現在阿丁常來小偉家玩，把大家都當成自己的兄弟似的，一起看書、一起玩遊戲、偶爾還一起吵個小架呢！

浣ㄨㄢˇ熊ㄒㄩㄥˊ威ㄨㄟ利ㄌㄧˋ

找ㄓㄠˇ朋ㄆㄥˊ友ㄧㄡˇ

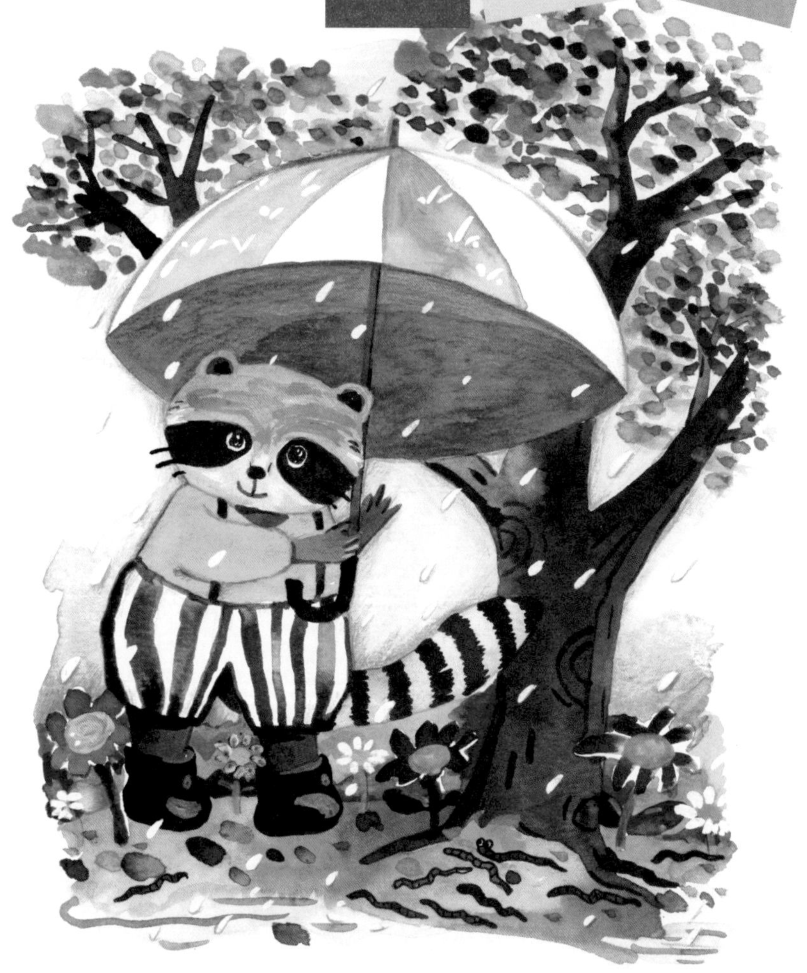

有一隻愛玩的小浣熊叫做威利，他好渴望有玩伴可以和他玩，可是威利的媽媽只生了他一個小寶寶，他總是覺得，好寂寞喲！

有一天媽媽正忙著做飯，威利坐在樹枝上，低下頭向下望。他決定一個人到樹下玩玩，雖然這是以前他不曾做過的事情。

他走著走著，突然聽到一個小小的聲音從底下傳來：「小心啊，請不要踩到我。」這時，粗獷的浣熊不敢再踩下去，小心翼翼地彎下腰尋找聲音的來源，他才看見在他腳邊不遠的地方，有一隻小蟲，屈著身體，前後伸曲前進著。

威利覺得好好玩，蹲下來說：「嗨！你好，我是浣熊威利，請問你是誰啊？我都沒有朋友可以跟我玩，你可以做我的朋友，跟我玩嗎？」

這時被驚嚇的小蟲，也轉過身禮貌地回答：「我是蚯蚓，小名叫阿丘。我正在忙呢！」

威利看著阿丘背上背著東西，緩慢笨重地前進，覺得阿丘走路很好玩，就自告奮勇幫阿丘背東西，學著阿丘縮頭縮尾地前進，終於到了阿丘的家。

「謝謝，我的『好朋友』，我家已經到了。」阿丘說。

威利聽阿丘喚他「好朋友」，高興得不得了，心裡想，我終於交到朋友了。可是他東看看、西看看，根本沒有看到任何房子。

「嘿，阿丘你家在哪裡啊？」

阿丘指著地下，輕敲一下，這就是我家啊。

威利瞪大眼睛。「啊，這麼小，那我怎麼幫你搬東西進去呢。」

阿丘把威利手上的東西接過去。「我來就行了，謝謝你，威利好朋友。」說完就鑽進泥土去了。

哇！太不可思議了，這裡居然是阿丘的家，看起來好像沒半點東西啊！他不相信阿丘真的住在這裡面。

威利彎下腰，對著小小的洞口，輕輕叫著：「阿丘，阿丘，我是威利，出來一起玩好嗎？」

不一會兒，一隻蚯蚓爬出來了，威利好高興喲。這是他今天交到的好朋友，一定要回家告訴媽媽。他正要跟阿丘說話時，嚇了一大跳，阿丘的後面又跟了一隻蚯蚓出來，這隻的後面又有一隻，一隻一隻不停地爬出來。

怎麼這麼多阿丘啊！

威利呆掉了摸著頭，「咦，哪一隻才是我的好朋友呢？」他分不清哪一隻才是阿丘。

這時一隻漂亮又健壯的蚯蚓，有力地爬到最前方說：「哈囉！我就是阿丘。這些都是我的兄弟姊妹，我們是個大家族呵。」還一一將兄弟姊妹介紹給威利認識。

阿丘告訴威利，他們的家就在地底下，他們可是大地的好幫手呵，只要經過他們蚯蚓家族一翻攪，土地就會更鬆軟、肥沃，可幫助花果蔬菜快快長大，這可是很重要的呢！

「所以說，我要謝謝你們才對。有你們的貢獻，大地才有這麼豐美的食物，平常你們都躲在地底下，沒看見你們，又那麼微小。可是卻是大地的大功臣呢！以後我們走路時可要更小心一點。」威利這樣講，阿丘好疑惑得看著他。

「為什麼呢？」

「因為我的好朋友住在泥土裡啊，如果太用力，咚、咚、咚的腳步聲會吵到你們吧。」威利連講話都輕聲細語起來。

「太好了，你這麼細心的朋友，我交定了。還有，我從來不知道上頭是什麼樣的風景，你能多告訴我一點嗎？」小蚯蚓昂揚地說。

「住在樹上很愉快，不過有一次我還昏睡到，『砰咚』一聲掉到樹底下去，屁股好痛呢。」威利又講了不少趣事，阿丘聽得津津有味。

後來威利聽到媽媽在叫他，就先跟阿丘道再見了。現在威利雖然還是常常一個人自己在樹上，不過一點也不覺得寂寞，他知道他有好多好多的好朋友，就住在樹蔭的地底下。他常常想著下次再遇到阿丘的時候，要跟他分享什麼有趣的事。光想就很快樂了！

有一天早晨醒來，威利突然發現樹底下有好多好多的小蚯蚓在鑽爬著。

「咦，怎麼回事，難道是阿丘帶領他們的親朋好友，要來探訪我嗎？很少看到他們爬得這麼有勁呢！」威利自己亂想著，他突然看到有一隻好像好朋友阿丘的身影，一直朝他走過來。

「喂，阿丘，今天是什麼大日子，你們怎麼統統跑出來了？要來聽我講關於樹上的點點滴滴嗎？」

「不是啦，是下大雨了。我們家淹大水了，我們出來透透氣！」阿丘回答。

威利才發現，從昨夜一直下不停的雨，雖然變小了，卻還沒停過呢。他突然好喜歡下雨天，他說：「太好了，有這麼多好朋友觀眾聽我講故事，真好啊。」才說完他就趕忙跑到樹下，準備玩泥巴囉！

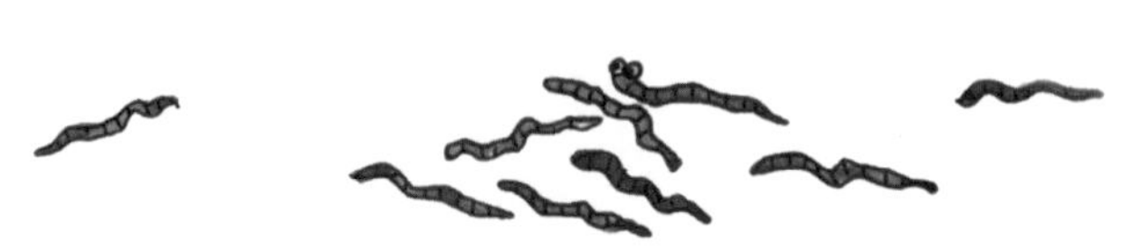

蝸牛大賽車

碰
706
sallykuo

蝸牛阿德覺得自己走路實在太慢了，每次都吃不到好吃的食物，他就利用廢棄的滑板，組裝了一臺簡單的車子。現在的他，要到哪裡都是第一名到達的，村子裡其他蝸牛都好羨慕他。

「我也來做一輛車吧！一定要比阿德那輛還要快！」阿德的朋友小正說。

沒幾天小正就組裝了一部更新更快的動力車，常常從阿德的前面呼嘯而過。氣得阿德牙癢癢的，心想：「這有什麼好神氣的，我一定要做出比你更棒、更快的車子。」

不只阿德忙著組裝新車，全村所有的蝸牛，看到新鮮的葉子老是被小正和阿德給搶吃光了，也很不甘心。大家都忙著組裝更新穎快速的車子，每隻蝸牛都不想輸給別人。

哇！現在的蝸牛村馬路上出現各式各樣的車子，有賽車、轎車、大卡車、風帆車、彈簧車……奇奇怪怪的，各式各樣應有盡有。

但是每隻蝸牛都想超越別的蝸牛，爭想當第一名，每隻蝸牛都把車子的速度開到最快，連交通號誌都不注意，甚至在街上大賽車。

「哈哈！你們趕不過我的。」驕傲的阿德說。

「哼，別說大話，我才是最快的！」小正一直踩油門。

「你們算什麼，我的風帆車才厲害呢！」

大家拼命的比賽，只想跑得最快，根本沒有注意交通號誌，不斷地闖紅燈。

就在一個十字路口，「碰——碰碰——轟轟！碰！」所有的車子都撞在一起了。不只車子撞壞了，蝸牛們也受傷了，有的蝸牛連殼都破了，流出好多透明的血。

「好痛啊！是誰撞我？」有隻蝸牛抗議說。

「都是大家開太快，又不注意紅綠燈，不遵守交通規則的結果，我們真是活該！」又有蝸牛說。

「全都是我不好，根本不該組裝什麼車子。走路慢本來就是我們蝸牛的天性，沒什麼好埋怨的啊！」壓著傷口的阿德說。

「是我不對，我嫉妒你，只想做一臺比你更快的車子！很氣你老把新鮮的葉子吃光。」小正說。

大家你一言我一言地互相說對不起，他們也決定不要再做什麼蝸牛車了。從此，蝸牛村的街道恢復了往昔的平靜，大家互相禮讓，注意交通的秩序，而且發現食物時也會互相通報，一起分享。

大家都贊同：不搶第一不也是一級棒嗎！

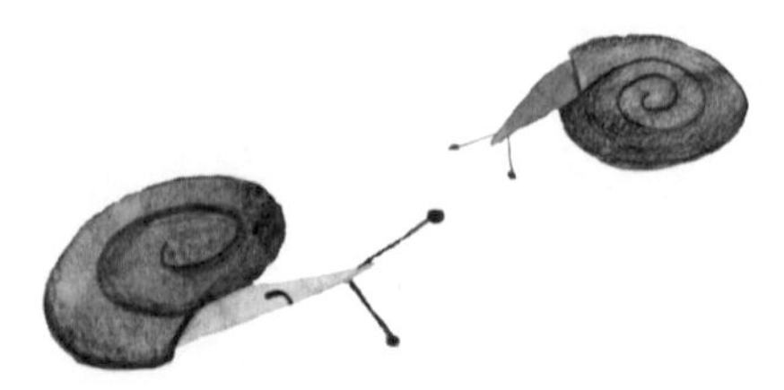

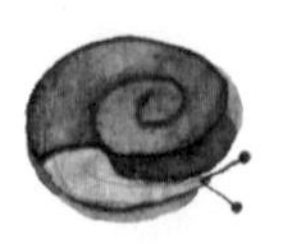

勇氣篇

七隻腳的章魚

在海洋深處有個地方，住著很多章魚。小琪是最活潑可愛的小章魚，她很喜歡唱歌。每天放學後總要跑到岩礁區去唱唱歌。那裡有美麗的海葵、珊瑚，和各類的水中生物，他們都是小琪的好朋友。每天下午他們會一起唱歌跳舞。

但是，這陣子章魚媽媽告訴小琪少到岩礁區，聽說那裡常有大魚出沒，有好多他們認識的小魚們都被吃掉了。

小琪不聽媽媽的警告，每天放學後還是到岩礁區去玩。

這一天，她遇上大魚了。雖然小琪很熟悉岩礁區的地形，很快地溜進岩洞躲藏，但不幸地，她在最後一瞬間有隻腳被咬斷了。

變成七隻腳的小琪，傷心得不得了，每天只躲在家裡，連學校都不去了。老師好幾天沒看到小琪來上學，覺得很奇怪，就到她家去做家庭訪問。老師給小琪很多安慰和鼓勵，但都沒有用。

老師走來走去，終於喊出：「有了！想到了一個好點子。」

老師把全班同學都找來小琪家開同樂會。哇！怎麼每隻章魚都是七隻腳呢！原來是同學要讓小琪開心，讓她知道，七隻腳還是可以快樂得跳舞、做事。所以都把其中的兩隻腳扭綁在一起，看來就像七隻腳一樣！

雖然同學使勁地逗她開心，小琪還是不快樂，她覺得自己還是跟別人不一樣。等同學回去後，她又獨自溜到岩礁區去。她不想讓別人知道她是一隻斷臂章魚，所以看見認識的朋友，就趕快游開，結果愈游愈遠。

當她游到一處水草滿佈的區域時，聽到很美妙的歌唱聲。愛唱歌的她循著聲音的方向游去，竟發現有一隻和她一模一樣的七腳章魚。

「章魚姊姊，妳的手怎麼了？」小琪問。

叫做阿麗的章魚姊姊說：「哦！妳是說斷了一隻腳嗎？這沒什麼大不了的，這是為了救朋友，而被大魚咬掉的，我可是非常英勇得引開了大魚唷！」

「妳不會難過嗎？」小琪問。

「不會啊！少一隻腳我還是游得很好啊！來吧，一起唱歌吧！」

小琪聽阿麗姊說完，就一起哼唱起來。好久沒唱歌的她好高興。

她們愈唱愈大聲，小魚、蝦子、海星、海龜……大家都一起歡唱。

可是就在此時大魚也悄悄游過來了。

眼看著大夥兒快要被大魚吃進去了，勇敢的阿麗憤不顧身衝上去拼命吐墨汁，邊喊著：「大家快跑啊！」

阿麗姊姊已吐盡墨汁，可是濃度並不夠，大魚就快要把阿麗吞進肚了。原本躲在海草堆中害怕的小琪，被阿麗姊姊的精神所感動，衝出來一起幫忙，也一起拼命地吐出肚裡的黑墨汁，一下子海水都染黑了。大魚看不到食物，還咬到一處礁石，最後終於游開了。

躲在海草堆中的大夥兒才出來，圍在小琪與阿麗姊間，給她們英雄式的歡呼。

小琪非常高興，也體會到阿麗姊姊說的：「少一隻腳啊！根本沒什麼大不了的！」

現在你已可以看見，小琪又恢復了以往的活潑快樂，而且還常和阿麗姊姊一起唱歌跳舞，跳的是最特殊的十四隻腳雙人舞喲！

大刀子將軍

阿丁是一隻活潑勇敢的招潮蟹，他住在紅樹林的沼澤裡，也常到海裡游泳。

他最喜歡和同伴到泥地上遊玩了，有時唱歌、有時覓食。他們最喜歡揮動著自己的大螯，邊唱歌邊跳舞，阿丁總是舞動得最熱烈的一隻，因為他有最巨大的大手，在同伴中最為顯眼。每次唱歌時，阿丁就像指揮家一樣，用大螯打著拍子，引導大家。牠非常引以為傲，覺得有大螯的自己真是神氣。

阿丁喜歡發號施令，指揮別人，同伴們也都習慣讓他領導，因為阿丁有威嚴又會照顧別人，而且活潑又幽默，大家都喜歡他。

有一天，阿丁他們又像平日一般，來到水筆仔樹下歡唱，正當唱得正高興時，竟有一雙粗壯的手臂向牠們伸過來，是一個黑黑壯壯的小男生跑到泥地上來了。

「糟了！快跑，趕快到海裡去。」阿丁呼叫著，要同伴趕緊逃跑。

為了掩護同伴們，阿丁落在最後，就被小男孩一把捉了去。

「哥哥，你看！好大的螯呵！這個是不是叫做『招潮蟹』？好可愛，我要把牠帶回去。」小男孩喚著他哥哥說。

阿丁聽到這句話，害怕得不得了，伸著像小剪刀的有力大螯，向小男孩肥嫩的手指頭夾下去。

「嘿！痛死我了。」小男孩痛叫一聲。「可惡！我要把你的鉗子手給拔掉。」小男孩居然把阿丁美麗的大螯給拔斷下來，然後狠狠地把他摔在地上，跑走了。

被斷了大螯的阿丁傷心得不得了，同伴們也跑回來安慰他，但是阿丁不再講話，他只想安安靜靜地游回大海裡，他不能接受沒有神氣大螯的自己。

沼澤上的歌唱大會再也看不到阿丁的熱情指揮，同伴們也覺得不好玩，都沒人要去唱歌了。原本活潑快樂的阿丁有很大的轉變，變得安靜少話，也不喜歡同伴們接近他，他總是一個人游到很遙遠的地方，有時一整天也看不到。

「阿丁哥哥，我們一起去沼澤唱歌好不好，你好久都沒有和大家一起去了。」和阿丁最熟的小青說。阿丁沒有回答，只是揮動另一隻小螯，表示「不要」。

「為什麼呢？你不是最喜歡唱歌的嗎？我們最喜歡你的帶領呢！」小青弟弟說。

「不要，就是不要嘛！我已經不是以前的阿丁了，你看，我以前最引以為傲的大螯都沒有了，怎麼帶領大家呢。我是隻沒用的招潮蟹，什麼也不能做。你們應該再選出一個新的指揮。」阿丁沒自信的說。

「大家還是最喜歡阿丁哥哥，沒有你，一點都不好玩。」小青一直勸說。

「不要，一想到要去沼澤那邊，就會讓我想起那遇到小男孩的可怕遭遇。」

「咦！那是什麼啊！」小青突然發現岩洞旁邊有一個亮亮的東西，原來是一把掉落海裡的小刀。「啊！有了。」

小青找來細鐵絲把小刀綁到阿丁的斷螯上。

「嘿！你看，阿丁哥哥，你現在不是又可以指揮我們了嗎。」

小青高興得說。

「把這個刀子拆下來，我才不要把這個亮晶晶的東西綁在身上，多難看啊！」阿丁想要甩掉刀子時，就聽到遠處傳來求救的聲音。「那是什麼聲音，我們趕快過去看一下。」

他們以最快的速度游到聲音的出處時，竟看到另外一群同伴被一個魚網網住，眼看就要被捕走了。

「救命啊！我們要被人類帶走了啊！」

小青一看到，馬上游上前去，張開自己的大螯要把魚網割斷。

但是魚網線太粗了，根本割不斷。

「阿丁哥哥，快來幫忙。」小青叫喊著。

平常最見義勇為的阿丁，卻還站在旁邊沒動，因為他想到自己的大螯都已斷了，怎麼幫忙呢。

「阿丁！快點，你的手是一把刀子呢！快來幫忙啊。」小青叫得更急切了。

這時阿丁才想到自己的手，剛剛不是被小青綁上一把刀子嗎，現在正好可以派上用場。他趕快撲上前去，用力地切剪，終於把魚網弄斷了。同伴們紛紛從破洞的魚網中逃出來。

大家圍著阿丁歡呼。

「阿丁好棒，是阿丁救了我們呢！」

「阿丁你好勇敢，你太棒了。」

「阿丁你好像個大刀子將軍呢！我們最喜歡你了。」大家圍擁著阿丁歡呼著說。

阿丁有點不好意思，但是真的很高興呢！他也慢慢覺得，用小刀代替大螯似乎不太壞，而且「大刀子將軍」這個稱呼，他也很喜歡呢。

現在，在紅樹林的沼澤地上，又可以常常看到一群活潑可愛的招潮蟹們，總是揮動著大螯、打著拍子歡唱著歌。如果你看到，揮著閃亮亮刀子指揮著大家的首領，那就是阿丁。他又恢復以往的活潑與自信，現在的牠一點也不覺得沒有大螯的自己，沒有用了。

現在的阿丁，可是一隻充滿自信與勇氣的大刀子招潮蟹呢！

超級噴嚏象

Sally.K

「啊，哈啾——哈、哈——哈啾！」

「快溜啊，噴嚏會又要開始了。」

好多大象都趕快躲到一邊，因為鼻子有過敏症的阿秋又要開始打噴嚏了。阿秋打噴嚏都是連環型的那一種。這一次不知道又是誰要遭殃了？

啊，阿秋把隔壁小敏同學的課本給噴濕了。

「哇，我的課本，全部黏答答的，要怎麼翻嘛？」小敏哭了起來。

連坐前面的小靜也哭了，因為她今天特別穿來的新衣，也被阿秋噴得都是鼻水。

「『哈啾阿秋』趕快停止，我們受不了了。」同學阿進大喊。「哈啾阿秋」是大家為阿秋取的名字。

「沒辦法，我沒辦法控制啊！哈、哈、哈——啾——」阿秋才剛說完又打了個大噴嚏，把站在她前面的阿進，噴得滿臉鼻水。

「那妳沒辦法控制，也轉個方向嘛！」

阿秋接受建議把頭轉向另一個方向。

哎呀，這邊正有同學寫著毛筆字，阿秋把墨水噴得水花四濺，大家都成了滿臉黑芝麻的大花臉，場面可真好笑。

「對不起，我不是故意的。」噴嚏終於停止了，阿秋跟大家道歉，可是同學們都不領情，通通跑得遠遠的。

連平常和她最要好的小靜，這一次也和其他同學一樣，因為這新衣服是她奶奶送給她，最心愛的生日禮物。

阿秋從小就有這種怪毛病，只要一聞到奇怪的味道，噴嚏就會打個不停。

「阿秋，我看妳不要來學校好了，教室被妳搞成這樣，我們怎麼上課？」

「坐在妳附近好倒楣呵。」

「妳隨時都會打噴嚏，也不能預防，太可怕了。」……同學說著，阿秋聽了好難過，她走出教室，走出校園。

她難過得往山林走去，走了好大一段路才停下來休息，她心裡想：「我大概交不到朋友了，沒有任何人的這裡才是適合我居住的地方，這樣打噴嚏就不會妨礙到別人了。」阿秋才這麼想，噴嚏又忍不住狂打了起來。

哎呀，居然把樹上的蜘蛛網給噴毀了。

氣急敗壞的蜘蛛跑到他耳邊說：「太可惡了，我花了一整天才織好的網子，被妳一個噴嚏就破壞了，臭大象，請妳走開。」

阿秋心情更糟了，連在這裡也被討厭，她決定走向更深山的地方。就在她邁開步伐時，聽到一個小小的聲音：「嗨，大象小姐，謝謝妳救了我，我們來交個朋友吧！」是一隻小黃蝶發出的聲音。

阿秋感到好驚訝，居然會有人要跟自己交朋友。

「妳說我救了妳？」

「對啊，是妳的噴嚏救了我呢！」

原來小黃蝶剛才被黏在蜘蛛網上，差點成了蜘蛛的晚餐。

阿秋從沒想過自己最懊惱的噴嚏症，居然也幫了別人。

「咦，妳為什麼不和同伴在一起，而跑到這麼遠的山上來呢？」小黃蝶又問，阿秋才把整個過程說出來。

「我的奇怪噴嚏症是治不好的，回去會帶給更多人困擾，我就住在這裡好了，至少不會影響到別人。」阿秋好傷心。

「啊，別傷心，我知道這深山裡面有個叫做『奇幻溫泉』的地方，那溫泉可以治療各種疾病。走，我帶妳去。」

「奇幻溫泉？」阿秋疑惑地跟著小黃蝶走。

就在一片掩蔽的樹叢後方，阿秋看到了一個不太大的水塘，裡面有許多動物。

「妳說的就是這裡？」

「沒錯。」

阿秋慢慢地將身體浸到溫泉裡，剛開始覺得好燙，後來習慣了就覺得好舒服。旁邊的猴子弟弟也主動跟阿秋打招呼，一下子大家就熟悉了。

原來猴子們有氣喘的毛病，麋鹿的大角擦傷了，小豬弟弟打滾時弄傷了背，浣熊的尾巴被夾傷了，大家都是來治療的。

阿秋在猴子弟弟的指導下，把鼻子浸到水裡，把溫泉水吸進去，再從鼻子噴出來，連續好多下。

「這可不是普通的溫泉水呵，妳打噴嚏的毛病一定會慢慢好起來的。」猴子弟弟跟她道再見的時候這麼說，阿秋半信半疑地走回家。

過了一星期，阿秋的噴嚏症的確比以前好多了，發生的頻率變低了，她開心地把這件事告訴同學。

「咦？奇幻溫泉？帶我們去吧，昨天我的腳指也受傷了，我要去泡一泡。」「對對，我也要去。」……同學紛紛說著自己的小毛病。

阿秋帶著大家來到奇幻溫泉。

「啊！阿秋姊姊，妳的噴嚏症應該好多了吧？」猴子弟弟關心得問。

「快好了。」阿秋才說完，卻打了個超級大噴嚏，滿滿的水花打在猴子身上。「啊，剛剛是不小心嗆到，對不起、對不起。」

「不用對不起，我覺得妳方才噴嚏打出來的水淋在身上，就好像在做spa呢！好舒服呵。」

現在奇幻溫泉裡，大家都好喜歡大象的到來，因為他們會幫動物淋浴，尤其是「超級噴嚏象——阿秋」最受歡迎，她偶爾表演的噴嚏功所打出來的水柱，打得大家好開心，總是笑聲不斷。阿秋萬萬也沒有想到，以前自己最懊惱的噴嚏症，竟成了其他大象爭相模仿的舉動。

現在奇幻溫泉成了歡樂不已的溫泉，不過有個規定，就是：「大象們不能同時泡到溫泉水裡呵！」要不然……就會聽到其他動物狂喊：「救命啊，我們要淹死了，水位怎麼突然升高了，救命啊！」

自信篇

小象拉拉學舞記

拉拉是一隻人見人愛，非常聰明的小象。不過最近她實在太愛吃了，體重直線上升，大家還會故意笑她「阿肥」。

拉拉日漸肥腫的身軀使她的行動愈來愈遲緩，做什麼事都慢吞吞的，隨意走一下就氣喘吁吁又汗流浹背的。她的朋友也漸漸不喜歡找她玩，因為拉拉的動作實在太慢了，大家都得等她。

「唉，你該減肥了。」拉拉的媽媽總是說。

拉拉卻只當成耳邊風，仍然照吃不誤。

變得更胖的拉拉，走起路來汗水就像小雨般從皮膚流出來，她就更不想動了。整天只是吃、睡、吃、睡……懶洋洋的。

直到有一天，拉拉把家裡的磅秤給壓壞了，她才發覺事態嚴重。

「嘿！小阿肥，不，應該叫『大肥』了。拉拉，你一定要減肥了。從今天起，你要定時定量，不能吃太多零食，而且要多運動。」媽媽嚴厲地說。

「運動真麻煩，跑步、體操、游泳……都好無聊，我不喜歡。」拉拉說。

「不行！你一定要找出一項你喜歡的運動，並且持之以恆地做。」

拉拉看媽媽如此堅定，認真想了一下說：「好吧！我來學跳舞好了。跳舞有音樂，變化又多比較好玩。」

隔天，媽媽就帶著拉拉到動物舞蹈學校報名了。

拉拉第一個選的課程是芭蕾。她覺得天鵝老師的舞姿好優雅，如果自己可以像她就好了。

哪知拉拉穿上緊得不得了的舞鞋後，就重心不穩地摔了好幾跤。

「哎喲！痛死我了！我看我還是學別的好了。」

拉拉很快就放棄了。然後又到隔壁的斑馬老師那兒學踢踏舞，她想這種舞節奏快又有趣，看起來好像也比較簡單。結果學了老半天，笨重的拉拉不但跳不起來還扭傷了腳。當然又放棄了。

經過幾天的休息後，腳傷復原的拉拉又回到舞蹈教室。這次她要跟劍羚老師學有氧舞蹈，她好欣賞劍羚老師的活力，還可以邊唱邊跳。

換拉拉上場時，就不是那麼回事了。她覺得自己就快要心臟麻痺似的，痛苦極了。

別人還在繼續上課，拉拉就偷溜出來了。其他教室還有乳牛老師開設的鬥牛舞，河馬老師帶領的土風舞……不過她卻一點興趣也提不起，還偷偷躲到大樹下吃東西。

每天拉拉都會到舞蹈教室，讓拉拉的媽媽以為她按時得上舞蹈課呢！直到有一天，拉拉的媽媽要她表演幾段舞蹈來看看，事情的真相才被揭穿。

「怪不得我覺得妳愈來愈胖，做什麼事都沒決心、恆心，這樣下去怎麼行呢……」拉拉媽媽非常生氣。

被訓話完畢的拉拉，躲到房裡大哭了一場。哭累了，覺得肚子餓了，就又去偷吃東西。

但是，一吃完她就後悔了。拉拉覺得自己真是糟糕，連克制一下食慾這麼簡單的事情也做不到，拉拉不喜歡這樣的自己。她心情惡劣地再走向舞蹈教室，雖然自己很不想去學舞，但她覺得媽媽說得有道理，不應該再讓媽媽生氣了。

當她經過一處大樹下時，有一段悅耳的節奏傳來，拉拉前往一看，原來是幾隻猴子朋友在跳草裙舞呢！猴子們又唱又扭又玩，好快樂。拉拉看得好羨慕。

「嘿！你要不要一起來玩。」其中一隻猴子對拉拉說。

「不要不要，我那麼笨重，什麼都學不好的。」

「試試看嘛！你只要放輕鬆、隨著節拍扭動就好了，一點都不難，很有趣呵。」猴子說。

因為先前的學舞挫折經驗，讓拉拉遲疑了一下。但禁不起猴子的熱情邀約，她還是試跳了一下。

沒想到，真的很好玩。肥肥的拉拉扭起來，還挺有韻律感的呢。

拉拉和猴子們跳得高興極了，還相約明天再一起跳舞。

現在的拉拉可是每天都高高興興地去跳草裙舞，她覺得學草裙舞很好玩、沒有壓力，反而能放開心地愈跳愈好。拉拉也從把舞跳好的這件事中，重新找回了自己的自信。

當然再也沒有人會叫拉拉「阿肥」了，她的體重也隨著持續的運動而自然而然地減輕了，從前用來圍在腰際的草裙都鬆得快掉下來了呢！

不愛洗澡的小阿麗

「阿麗啊，快來洗澡囉！」這已經是阿麗媽媽喊第五十遍了，討厭洗澡的小兔子阿麗還是無動於衷地坐在電視前面。

「趕快去洗澡啦！」阿麗的大姊推推妹妹。

「不想洗耶，為什麼一定要洗澡呢？把自己弄得濕淋淋的，還要擦乾，如果一不小心被風吹著，感冒了，那多麻煩啊。」阿麗嘟著嘴說。

「拜託，妳都已經三天沒洗澡了，很臭耶！別汙染我們呼吸的空氣好嗎！」二姊捏著鼻子，故意從阿麗的身邊逃開。

「快去洗啦。」大姊又推她。

「不洗又不會怎麼樣。」

「在學校妳和誰坐在一起？他好倒楣，每天跟這麼臭的人坐在一起，真是可憐呵。」二姊又說。

阿麗這才慢吞吞地拿了浴巾，準備到浴室去。因為她想起，今天坐隔壁的小華才對她說：「拜託妳小阿麗，請妳洗洗澡好嗎？妳實在好臭呵，我要去跟老師說，我不要坐在妳旁邊了。」她當然還回答小華：「真的嗎？為什麼我一點也聞不到呢？」

阿麗進了浴室，看到大姊的櫃子上有一罐奇怪的東西，就把它拿下來往身上噴。

「呼，好香好好聞哪，有了這個根本不必再洗澡。」阿麗一直壓按香水瓶。沒多久就走出了浴室。

「咦，妳怎麼這麼快就出來，到底有沒有洗澡？」二姊疑惑地問。

「當然有囉，妳聞，香噴噴呢！」阿麗轉了一圈，她很滿意現在身上的味道。

二姊覺得怪怪的，但也沒理她，自己做功課去了。

隔天，阿麗到學校前還特別到浴室偷噴了香水。到了學校好多同學，一反平日不喜歡接近不愛洗澡的阿麗，居然主動跟她打招呼。

「嗨！阿麗早，妳今天好香呵。」

「咦，阿麗，妳今天居然沒有臭味，好難得，我們一起去玩吧！」

「阿麗，妳戒掉不愛洗澡的壞習慣了嗎？」

還有人過來拉她的手，阿麗好開心，她在心裡偷偷想，是啊，我的確洗澡了，洗的是簡單又快速的香水澡呢！

為了博取大家的歡迎，阿麗每天都噴大量的香水來上學，有人開始發覺阿麗身上的異味，好奇怪。

剛聞的時候是香的，但靠近聞，就覺得難聞，好像是浸在水裡好多天沒洗的衣服已發臭似的。

「哎呀，阿麗，為什麼妳的身上有一股臭水溝的味道呢？」終於有同學先發難了，接著又有人說：「阿麗，我聞到妳身上有種水果爛掉的味道呢！妳是不是根本沒洗澡。」「阿麗好臭呵，我們不要跟妳坐在一起。」大家經過阿麗身邊，都用快跑的。

雖然聽同學這麼說，懶惰的阿麗只是轉轉頭，東聞聞、西嗅嗅，然後說：「還好嘛！哪有那麼誇張，只有一點點味道而已嘛。哈哈，沒關係，我有法寶。」然後從書包裡拿出香水瓶來對著自己猛噴，原來她把大姊的香水偷偷帶到學校來了。

後來上體育課，老師要大家跑操場，小阿麗跑得氣喘吁吁又汗流浹背，身上的汗臭味愈來愈重，大家都躲她躲得遠遠的。接著又下了一場雷陣雨，躲不急的大夥兒，都被淋濕了。小阿麗的香水味也被沖走了，她的身上漫出了好幾天沒洗澡又夾雜流汗後的恐怖怪味。

進教室後，同學都遠遠地避開阿麗，有人還戴起口罩。隔壁的小華早就把位子搬到別的地方去坐了。不過這一次，阿麗也聞到了身上的怪味道，想把香水再拿出來噴時，才發覺，哎呀，不好了，統統都被自己用光了。

她也只好忍耐，還想著：「臭是臭，聞久了就習慣了嘛。」到了中午的營養午餐時間。呼，今天吃的水果是阿麗從來沒看過的呢！她很興奮地一大口咬下去。

「媽呀，這是什麼水果，怎麼這麼臭啊？」阿麗才吃一口就馬上吐出來，覺得滿嘴都是臭味。

「這是榴槤啊，不過跟妳身上的味道比起來……榴槤還比較香呢。」阿華說。

「對嘛，對嘛，不愛洗澡的阿麗，妳比榴槤還要臭呢。」

「阿麗好臭呵。」……好多同學紛紛接著說。

討厭榴槤味的阿麗才知道，原來自己被別人聞起來是這麼恐怖的味道。

放學回家後的第一件事情，就是趕快衝進浴室，好好得洗澡。阿麗想洗掉嘴裡還聞得到的一點點榴槤味，還有身上好幾天沒洗澡的恐怖汗臭味。當她從浴室出來的時候，還真是香噴噴呢，連自己都聞得好高興，阿麗大喊：「好舒服呵，原來洗澡這麼棒，以後我要天天洗澡！」

此時阿麗又聽到媽媽習慣性得大喊著：「阿麗啊，快來洗澡囉！」

「我早就洗好了！」阿麗得意地回應著。

「啊，可惡，誰把我的香水用光了！」大姊在浴室大喊。

「啊，不好了，我得快溜囉——」阿麗心想，這時她聽到二姊問著大姊：「幹嘛要香水呢？」

只聽見大姊回答：「哎呀，不知道是誰帶回來的什麼臭水果，我吃了一口，臭死了。」

阿麗偷偷笑著。「啊哈！我真的得逃遠一點了！」

半ㄅㄢˋ瓶ㄆㄧㄥˊ水ㄕㄨㄟˇ大ㄉㄚˋ廚ㄔㄨˊ師ㄕ

小象餐飲學校裡，有一群新生入學了。其中一隻叫「阿噹」的小象十分受到矚目，因為他家是開西餐廳的，大家都認為他手藝一定很好。

阿噹的基本功夫果然比其他同學好，不論是牛排、拌沙拉、炒田螺，當別人都還猛抄筆記、忙著試做時，他卻一會兒功夫就把菜端出來了。老師也大力誇讚他做的菜餚，漸漸地，阿噹變得有點驕傲，他覺得煮菜實在是一件再簡單不過的事。

「哎呀，阿華你怎麼還留在教室，這麼簡單的蒸餃你也不會包嗎？」阿噹看見放學後的教室裡還有燈光，走進一瞧。

「包是會包啦，我只是想嘗試更多不同餡料的口味，看怎麼樣會更好吃。」同學阿華說。

「我看你動作慢，腦筋又死，一定變不出什麼新花樣。我跟你說，你就把高麗菜剁碎，加一點韭菜，擠出多餘的水。再加浸過醬汁的碎肉、蟹棒，糖、醬油，全部沾勻，就是好吃的內餡了。」阿噹滔滔不絕地說，其實他根本沒親自做過。

「這些老師也有教，我只是想自己再做一遍，確認一下步驟。」阿華非常認真地練習，還一邊在自己的筆記本上做紀錄。

「真是浪費時間。傻瓜才這樣，我要先回去了。」

阿華雖然動作慢，有點遲鈍，但是他總是一再地練習，直到把老師教導的東西熟記為止，自己也慢慢開發了許多新口味。反而是阿噹，因為反應快可以舉一反三，不僅對老師所教導的內容全死記背誦，當別人問他時，他還可以從頭到尾完整地講出來，並加入自己的看法，講得頭頭是道。事實上，他根本沒親自試過。大夥兒以他從前的表現，都以為他是班上最厲害的小廚師！

阿噹也就在同學的讚美聲中，愈來愈自滿，愈來愈驕傲，老師教導的新菜色，他從不親手試做，只是用嘴巴講一講，指導一下同組的同學。「哎呀！這麼簡單，誰不會啊。」成了阿噹的口頭禪。

有一天，老師宣布附近的飯店要舉辦大型活動，徵求一位助理小廚師。大家一聽，全都認定只有阿噹能擔任這項重任。老師卻決定以公平的比賽，讓班上每個人都有機會角逐這個位子。

一開始是西式料理，阿噹果然拔得頭籌，與他一起晉級的有八位同學。第二項比賽是義大利麵，又淘汰了四位同學。阿噹開始露出神氣的模樣，心裡想著：「大廚師的位子非我莫屬啦。」

第三項競賽是捲壽司，看誰的壽司包得又美又快又好吃。這時阿噹有點手忙腳亂起來，他根本沒有親自包過一卷壽司，全憑臨場經驗和腦中的記憶，隨意拼湊出來，還好是過關了，現在競賽者只剩阿嘡和老是被他取笑的阿華。

「阿華不可能贏我的，他老是慢吞吞，老師教過的東西要學好幾遍才記得起來，這種資質的人怎麼可能當大廚師呢！」阿嘡在心裡想著，露出竊喜的笑容。但一下子，就變成慌張尷尬的笑容……哎呀！最後一題，老師竟出了阿嘡最不拿手的種類，就是做出五種中華料理。

阿嘡開始緊張冒汗，一會兒想做小籠包，一會兒又忙著處理大鍋魚。不行不行，這個季節太熱了吃魚湯不好，還是改做煎魚好了……阿嘡愈來愈焦急，看著隔壁的阿華從容不迫的神情，他更緊張了。

「糟了！魚燒焦了……鍋子裡的豆子也掉出來了。哎呀！水瓶怎麼打翻了？」阿噹腦筋一片空白，連原本會做的蒸餃也忘了。想找筆記出來參考，才發現自己根本什麼都沒記錄下來。

就在此時，阿華已將一道道的中式點心端上桌，那穩健的神情充滿了大將之風，所有吃過他料理的人都讚不絕口。大家說，從來不知道阿華這麼厲害，真是真人不露相，高手不張揚。大夥兒一致通過，阿華獲得廚師助理的資格。

這時老師趁機和大家說：「真正厲害、有實力的人，就像裝滿水的瓶子，不會發出什麼聲響，即使有飽滿的內涵，卻不會到處炫耀張揚。倒是實力不滿的半瓶水，才會搖來搖去發出聲音。所以有句俗話說『半瓶水響叮噹』就是這個意思。」

阿噹聽到老師這麼說，覺得很不好意思，也決定擺脫半瓶水大廚師的封號。從那天起，他更加認真地學習，精進自己的技術，一切都實際去做，而非只是嘴巴說說罷了。

現在的阿噹，誇張炫耀的話少了，謙虛多了，人緣也變好了。愈學習愈知道自己的不足，他還真感謝「半瓶水響叮噹」這句話的啓示呢！

兒童文學 29　PG1662

超級噴嚏象
——郭桂玲童話選集

作者／郭桂玲
插圖／郭桂玲
責任編輯／徐佑驊
圖文排版／莊皓云
封面設計／葉力安
出版策劃／秀威少年
製作發行／秀威資訊科技股份有限公司
114 台北市內湖區瑞光路76巷65號1樓
電話：+886-2-2796-3638
傳真：+886-2-2796-1377
服務信箱：service@showwe.com.tw
http://www.showwe.com.tw

郵政劃撥／19563868
戶名：秀威資訊科技股份有限公司
展售門市／國家書店【松江門市】
104 台北市中山區松江路209號1樓
電話：+886-2-2518-0207
傳真：+886-2-2518-0778

網路訂購／秀威網路書店：http://www.bodbooks.com.tw
國家網路書店：http://www.govbooks.com.tw
法律顧問／毛國樑　律師

總經銷／聯寶國際文化事業有限公司
地址：221新北市汐止區康寧街169巷27號8樓
電話：+886-2-2695-4083
傳真：+886-2-2695-4087

出版日期／2017年3月　BOD一版　**定價**／200元
ISBN／978-986-5731-71-7

秀威少年
SHOWWE YOUNG

國家圖書館出版品預行編目

超級噴嚏象：郭桂玲童話選集 / 郭桂玲圖.文. --
一版. -- 臺北市：秀威少年, 2017.03
面；　公分. -- (兒童文學；29)
BOD版
注音版
ISBN 978-986-5731-71-7(平裝)

859.6　　106001773

讀者回函卡

感謝您購買本書，為提升服務品質，請填妥以下資料，將讀者回函卡直接寄回或傳真本公司，收到您的寶貴意見後，我們會收藏記錄及檢討，謝謝！
如您需要了解本公司最新出版書目、購書優惠或企劃活動，歡迎您上網查詢或下載相關資料：http:// www.showwe.com.tw

您購買的書名：______________________________

出生日期：________年________月________日

學歷：□高中（含）以下　□大專　□研究所（含）以上

職業：□製造業　□金融業　□資訊業　□軍警　□傳播業　□自由業
　　　□服務業　□公務員　□教職　□學生　□家管　□其它_____

購書地點：□網路書店　□實體書店　□書展　□郵購　□贈閱　□其他

您從何得知本書的消息？

□網路書店　□實體書店　□網路搜尋　□電子報　□書訊　□雜誌
□傳播媒體　□親友推薦　□網站推薦　□部落格　□其他__________

您對本書的評價：（請填代號　1.非常滿意　2.滿意　3.尚可　4.再改進）

封面設計____　版面編排____　內容____　文／譯筆____　價格____

讀完書後您覺得：

□很有收穫　□有收穫　□收穫不多　□沒收穫

對我們的建議：______________________________

____

____

____

請貼
郵票

11466
台北市內湖區瑞光路 76 巷 65 號 1 樓
秀威資訊科技股份有限公司 收
BOD 數位出版事業部

(請沿線對折寄回，謝謝！)

姓　　名：＿＿＿＿＿＿＿＿　年齡：＿＿＿＿　性別：□女　□男

郵遞區號：□□□□□

地　　址：＿＿＿＿＿＿＿＿＿＿＿＿＿＿＿＿

聯絡電話：(日)＿＿＿＿＿＿＿＿＿＿(夜)＿＿＿＿＿＿＿＿＿＿

E-mail：＿＿＿＿＿＿＿＿＿＿＿＿＿＿＿＿